HÉSIODE ÉDITIONS

DOSTOÏEVSKI

La Timide

Hésiode éditions

© Hésiode éditions.

1 rue Honoré - 93500 Pantin.
ISBN 978-2-38512-137-2
Dépôt légal : Janvier 2023

Impression Books on Demand GmbH

In de Tarpen 42
22848 Norderstedt, Allemagne

La Timide

PREMIÈRE PARTIE

Avertissement de l'Auteur.

Je demande pardon à mes lecteurs de leur donner cette fois un conte au lieu de mon « carnet » rédigé sous sa forme habituelle. Mais ce conte m'a occupé près d'un mois. En tout cas, je sollicite l'indulgence de mes lecteurs.

Ce conte, je l'ai qualifié de fantastique, bien que je le considère comme réel, au plus haut degré. Mais il a son côté fantastique, surtout dans la forme, et je désire m'expliquer à ce sujet.

Il ne s'agit ni d'une nouvelle, à proprement parler, ni de « mémoires ». Figurez-vous un mari qui se trouve chez lui, devant une table, sur laquelle repose le corps de sa femme suicidée. Elle s'est jetée par la fenêtre quelques heures auparavant.

Le mari est comme affolé. Il ne parvient pas à rassembler ses idées. Il va et vient par la chambre, cherchant à découvrir le sens de ce qui est arrivé.

De plus, c'est un hypocondriaque invétéré, de ceux qui causent avec eux-mêmes. Il parle donc à haute voix, se racontant le malheur, essayant de se l'expliquer. Il lui arrive d'être en contradiction avec lui-même dans ses idées et dans ses sentiments. Il s'innocente, il s'accuse, s'embrouille dans sa plaidoirie et son réquisitoire. Il s'adresse parfois à des auditeurs imaginaires. Peu à peu, il finit par comprendre. Toute une série de souvenirs qu'il évoque le conduit à la vérité.

Voilà le thème. Le récit est plein d'interruptions et de répétitions. Mais si un sténographe avait pu écrire à mesure qu'il parlait, le texte serait encore plus fruste, encore moins « arrangé » que celui que je vous présente. J'ai tâché de suivre ce qui m'a paru être l'ordre psychologique. C'est cette supposition d'un sténographe, notant toutes les paroles du malheureux, qui me paraît l'élément fantastique du conte. L'art ne repousse pas ce genre de procédés. Dans ce chef-d'œuvre, le Dernier jour d'un Condamné, Victor Hugo s'est servi d'un moyen analogue. Il n'a pas introduit de sténographe dans son livre, mais il a admis quelque chose plus invraisemblable, en présumant qu'un condamné à mort pouvait trouver le loisir d'écrire de quoi remplir un volume, le dernier jour de sa vie, que dis-je, à la dernière heure, – à la lettre, – au dernier moment. Mais s'il avait rejeté cette supposition, l'œuvre la plus réelle, la plus vécue de toutes celles qu'il a écrites, n'existerait pas.

I

QUI ÉTAIS-JE ET QUI ÉTAIT-ELLE ?

… Tant que je l'ai ici, tout n'est pas fini… Je m'approche d'elle et je la regarde à chaque instant. Mais demain on l'emportera. Comment ferai-je tout seul ? Elle est en cet instant dans le salon, sur la table… on a mis l'une contre l'autre deux tables à jeu ; demain la bière sera là, toute blanche, en gros de Naples… Mais ce n'est pas cela !… Je marche, je marche et je veux comprendre, m'expliquer… Voilà déjà six heures que je cherche, et mes idées s'éparpillent. Je marche, je marche et c'est tout. Voyons, comment est-ce ? Je veux procéder par ordre (ah ! par ordre !…) Messieurs ! Vous voyez que je suis loin d'être un homme de lettres… mais je raconterai comme je comprends.

Tenez, elle venait au début chez moi, engager des effets à elle pour payer une annonce dans le Golos… Telle institutrice consentirait à voyager et à donner des leçons à domicile etc., etc. Les premiers temps, je ne la remarquais pas ; elle venait comme tant d'autres, voilà tout. Plus tard, je l'ai mieux vue. Elle était toute mince, blonde, pas bien grande ; elle avait des mouvements gênés devant moi, sans doute devant tous les étrangers ; moi, n'est-ce pas, j'étais avec elle comme avec tout le monde, avec ceux qui me traitent comme un homme et non comme un prêteur sur gages seulement. Quand je lui avais remis l'argent, elle faisait vite volte-face et se sauvait. Tout cela sans bruit. D'autres chicanent, implorent, se fâchent pour obtenir plus. Elle, jamais. Elle prenait ce qu'on lui donnait... Où en suis-je ? Oui, elle m'apportait d'étranges petits objets ou bijoux : des boucles d'oreilles en argent doré, un méchant petit médaillon, des choses à 20 kopeks. Elle savait que ça ne valait pas plus, mais je voyais à sa figure que c'était précieux pour elle. En effet, j'ai appris plus tard que c'était tout ce que papa et maman lui avaient laissé. Une seule fois, j'ai ri de ce qu'elle voulait engager : Jamais je ne ris, en général, avec les clients. Un ton de gentleman, des manières sévères, oui sévères, sévères ! Mais ce jour-là, elle s'était avisée de m'apporter une vraie guenille, ce qui restait d'une pelisse en peaux de lièvres... Ç'a été plus fort que moi, je l'ai plaisantée. Dieu ! comme elle a rougi ! Ses yeux bleus, grands et pensifs, si doux à l'ordinaire, ont lancé des flammes. Mais elle n'a pas dit un mot. Elle a remballé sa « guenille » et s'en est allée. Ce n'est que ce jour-là que je la remarquai très particulièrement. Je pensai d'elle quelque chose... oui quelque chose. Ah oui ! qu'elle était terriblement jeune, jeune comme une enfant de quatorze ans : elle en avait seize en réalité. Du reste, non ! Ce n'est pas ça !... Le lendemain, elle revint. J'ai su plus tard qu'elle avait porté son reste de houppelande chez Dobronravov et Mayer, mais ceux-là ne prêtent que sur objets d'or et ne voulurent rien savoir. Une autre fois, je lui avais pris en nantissement un camée, une cochonnerie, et en étais resté tout étonné de moi-même. Moi je ne prête que sur bijoux d'or ou d'argent. Et j'avais accepté un camée ! C'était la seconde fois que je pensais à elle, je me le rappelle bien. Mais le lendemain de l'affaire de la houppelande, elle voulut engager un porte-cigare en ambre jaune, un objet d'amateur, mais sans valeur pour nous autres. Pour nous, or ou argent, ou rien ! Comme elle venait après la révolte de la veille, je la reçus très froidement, très sévèrement. Faible, je lui donnai tout de même 2 roubles, mais je lui dis, un peu fâché : « Ce n'est que pour vous que je fais ça. Allez voir si Moser vous donnera un kopek d'un pareil objet ! » Ce pour vous, je le soulignai particulièrement... J'étais plutôt irrité. Elle rougit en entendant ce pour vous, mais elle se tut, ne me jeta pas l'argent à la figure, le prit très bien, au contraire… Ah ! la pauvreté !… Elle rougit, mais rougit ! Je l'avais blessée. Quand elle fut partie, je me demandai : « Ça vaut-il 2 roubles la petite satisfaction que je viens d'avoir ? » Je me reposai la question à deux fois : « Ça vaut-il ça ? Ça vaut-il ça ? » Et tout en riant, je la résolus dans le sens affirmatif. Je fus très amusé. Mais je n'avais pas eu de mauvaise intention.

L'idée de l'éprouver me vint, parce que certains projets me passèrent par la tête. C'était la troisième fois que je pensais très particulièrement à elle.

… Eh bien ! C'est à ce moment que tout a commencé. Bien entendu, je me suis renseigné. Après cela, j'attendis sa venue avec quelque impatience. Je prévoyais qu'elle viendrait bientôt. Quand elle repartit, je lui adressai la parole, j'entrai en conversation avec elle, sur un ton d'infinie politesse. Je n'ai pas été trop mal élevé et j'ai des manières quand je veux. Hum ! Je devinai facilement qu'elle était bonne et douce. Les bons et les doux, sans trop se livrer, savent mal éluder une question. Ils répondent, ceux-là. Je ne sus pas tout sur elle alors, bien certainement. Ce ne fut que plus tard, que tout me fut expliqué : les annonces du Golos, etc. Elle continuait à publier des annonces dans les journaux à l'aide de ses dernières ressources. D'abord, le ton de ces notes était hautain : « Institutrice, hautes références, consentirait à voyager. Envoyer conditions sous enveloppe au journal. » Un peu plus tard c'était : « Consent à tout, donnera leçons, servira de dame de compagnie, surveillera ménage, sait coudre, etc. » Archiconnu, n'est-ce pas ! Puis à la dernière extrémité, elle fit insérer : « Sans rémunération, pour table et logement. » Mais elle ne trouva aucune place. Quand je la revis, je voulus donc l'éprouver. Je lui montrai une annonce du Golos ainsi conçue : « Jeune fille orpheline cherche place gouvernante pour petits enfants ; préférerait chez veuf âgé ; pourrait aider au ménage. »

– Là, voyez-vous ? lui dis-je, celle-ci, c'est la première fois qu'elle publie une annonce, et je parie qu'avant ce soir elle aura une place. C'est comme cela qu'on rédige une annonce !

Elle rougit et ses yeux s'enflammèrent de colère. Cela me plut. Elle me tourna le dos et sortit. Mais j'étais bien tranquille. Il n'y avait pas un autre prêteur capable de lui avancer un demi-kopek sur ses brimborions et autres porte-cigares. Et à présent, il n'y avait plus même de porte-cigares !

Le surlendemain, elle arriva toute pale et agitée. Je compris qu'il se passait en elle quelque chose de grave. Je dirai quoi tout à l'heure, mais je ne veux que rappeler comment je m'arrangeai pour l'étonner, pour me poser dans son estime. Elle m'apportait une icône (ah ! cela avait dû lui coûter !) et ce n'est qu'ici que tout commence ; car je m'embrouille… je ne puis rassembler mes idées ! C'était une image de la Vierge avec l'enfant Jésus, une image de foyer ; la garniture en argent doré valait bien, mon Dieu !… valait bien 6 roubles. Je lui dis : « Il serait préférable de me laisser la garniture et d'emporter l'image, parce que, enfin… l'image… c'est un peu… » Elle me demanda : « Est-ce que cela vous est défendu ? – Non, mais c'est pour vous-même ! – Eh bien ! enlevez-là ! – Non, je ne l'enlèverai pas. Savez-vous ? Je vais la mettre dans ma niche à icônes. (Dès l'ouverture de ma caisse de prêts, tous les matins j'allumais, dans cette niche, une petite lampe)… et je vais vous donner 10 roubles.

– Oh ! Je n'ai pas besoin de 10 roubles. Donnez-m'en cinq. Je vous rachèterai bientôt l'image.

– Et vous n'en voulez pas dix ? L'image les vaut, dis-je en observant que ses yeux jetaient des éclairs. Elle ne répondit pas. Je lui remis 5 roubles.

– Il ne faut mépriser personne, dis-je. Si vous me voyez faire un pareil métier, c'est que je me suis trouvé aussi dans des circonstances bien critiques ! J'ai bien souffert avant de m'y décider…

– Et vous vous venger sur la société, interrompit elle. Elle avait un sourire amer, assez innocent, du reste.

– Ah ! ah ! pensai-je, tu me révèles ton caractère et tu as de la littérature.

– Voyez-vous, dis-je tout haut, moi, je suis une partie de cette partie du tout qui veut faire du mal et produit du bien.

Elle me regarda curieusement et avec quelque naïveté :

– Attendez ! Je connais cette phrase. Je l'ai lue quelque part.

– Ne vous creusez pas la tête. C'est une de celles que prononce Méphistophélès quand il se présente à Faust. Avez-vous lu Faust ?

– Distraitement.

– C'est-à-dire que vous ne l'avez pas lu du tout. Il faut le lire. Vous souriez ? Ne me croyez pas assez sot, malgré mon métier de prêteur sur gages, pour jouer devant vous les Méphistophélès. Prêteur sur gages je suis, prêteur sur gages je reste.

– Mais je ne voulais rien vous dire de pareil !… Elle avait été sur le point de laisser échapper qu'elle ne s'attendait pas à pareille érudition de ma part. Mais elle s'était retenue.

– Voyez-vous, lui dis-je, trouvant un joint pour produire mon effet, dans n'importe quelle carrière on peut faire du bien.

– Certainement, répondit-elle, tout champ peut produire une moisson.
Elle me regarda d'un air pénétré. Elle était contente de ce qu'elle venait de dire, non par vanité, mais parce qu'elle respectait la pensée qu'elle venait d'exprimer. Ô sincérité des jeunes ! C'est avec cela qu'ils remportent

la victoire !

Quand elle fut partie, j'allai compléter mes renseignements. Ah ! elle avait vu des jours si terribles que je ne comprends pas comment elle pouvait sourire et s'intéresser aux paroles de Méphistophélès ! Mais voilà, la jeunesse… L'essentiel c'est que je la regardais déjà comme mienne et ne doutais pas de mon pouvoir sur elle… Vous savez, c'est un sentiment très doux, très voluptueux, dirais-je presque, qu'on éprouve en s'apercevant qu'on en a fini avec les hésitations…

Mais si je vais comme cela, je ne pourrai plus concentrer mes idées… Plus vite, plus vite, ce n'est pas de cela qu'il s'agit, ah ! mon Dieu ! non !

II

PROPOSITIONS DE MARIAGE

Voici ce que j'avais appris sur elle : Son père et sa mère étaient morts depuis trois ans et elle avait demeuré chez des tantes d'un caractère impossible. Méchantes toutes deux d'abord. L'une affligée de six petits enfants, l'autre vieille fille. Son père avait été employé dans les bureaux d'un Ministère. Il avait été annobli, mais personnellement, sans pouvoir transmettre sa noblesse à sa descendance. Tout me convenait. Je pouvais même leur apparaître comme ayant fait partie d'un monde supérieur au leur. J'étais un capitaine démissionnaire, gentilhomme de race, indépendant, etc. Quant à ma caisse de prêts sur gages, les tantes ne devaient y penser qu'avec respect.

Il y avait trois ans que ma jeune fille était en esclavage chez ses tantes. Comment elle avait pu passer ses examens, accablée comme elle l'était de travaux manuels par ses parents, c'était un mystère, mais elle les avait passés. Cela prouvait déjà chez elle d'assez nobles tendances.

Pourquoi donc voulus-je me marier ?... Mais laissons là ce qui me concerne ; nous y viendrons tout à l'heure... J'emmèle encore tout.

Elle donnait des leçons aux enfants de sa tante ; elle cousait du linge, et vers la fin, malgré sa faiblesse de poitrine, elle lavait les parquets. On la battait même et on allait jusqu'à lui reprocher le pain qu'elle mangeait. Enfin, je sus encore que l'on projetait de la vendre. Je passe sur la fange des détails. Un gros boutiquier, un épicier, âgé d'une cinquantaine d'années, qui avait déjà enterré deux femmes, cherchait une troisième victime et s'était abouché avec les tantes. D'abord la petite avait presque consenti « à cause des orphelins » (il faut dire que le riche épicier avait des enfants de ses deux mariages) ; mais à la fin elle avait pris peur. C'est alors qu'elle avait commencé à venir chez moi, afin de se procurer de quoi insérer des annonces dans le Golos. Ses tantes voulaient la marier à l'épicier, et elle n'avait obtenu d'elles qu'un court délai pour s'y décider. On la persécutait ; on l'injuriait : « Nous n'avons pas déjà tant à manger sans que tu bâfres chez nous ! » Ces derniers détails, je les connaissais, et ils me décidèrent.

Le soir de ce jour-là, le marchand est venu la voir et lui a offert un sac de bonbons à cinquante kopeks la livre. Moi j'ai trouvé le moyen de parler à la bonne, Loukeria, dans la cuisine. Je l'ai priée de glisser tout bas à la jeune fille que je l'attendais à la porte et que j'avais quelque chose de grave à lui dire. Ce que j'étais content de moi-même ! – Je lui ai raconté ma petite affaire en présence de Loukeria : « J'étais un homme droit, bien élevé, un peu original peut-être. Était-ce un péché ? Je me connaissais et me jugeais. Dame ! je n'étais ni homme de talent, ni homme d'esprit ; j'étais malheureusement un peu égoïste... » Tout cela je le disais avec une certaine fierté, déclarant tous mes défauts ; mais pas assez bête pour dissimuler mes qualités : « Si j'ai tel travers, en échange j'ai ceci, j'ai cela... » La petite semblait assez effrayée au début : mais j'allais de l'avant, tant pis si je me noircissais un peu de temps à autre ; j'avais l'air plus franc ainsi ; et qu'est-ce que ça faisait puisque je lui disais carrément qu'à la maison elle mangerait à sa faim ; ça valait bien les toilettes, les visites, le théâtre, les bals qui ne viendraient qu'après, quand j'aurais tout à fait réussi dans mes affaires. Quant à ma caisse de prêts, je lui expliquai que, si j'avais pris un pareil métier, c'était que j'avais un but, et c'était vrai, j'avais un but. Toute ma vie, Messieurs, j'ai été le premier à haïr ma vilaine profession, mais n'était-il pas certain qu'en effet je me « vengeais de la société », comme elle l'avait dit en plaisantant le matin même. En tout cas, j'étais sûr que l'épicier devait lui répugner plus que moi, et je lui faisais l'effet d'un libérateur à cette petite. Je comprenais cela ! Oh ! que de bassesses on comprend particulièrement bien dans la vie ! Mais commettais-je une bassesse ? Il ne faut pas juger si vite un homme ! D'ailleurs, est-ce que je n'aimais pas déjà la jeune fille ?

Attendez !... Non, je ne lui laissai pas entendre que je me considérais comme un bienfaiteur ; bien au contraire, je lui dis que c'était moi qui lui devrais de la reconnaissance, et non pas elle à moi. Je dis peut-être cela bêtement, car je vis comme un pli se dessiner sur son visage. Mais je gagnai ma cause ! Ah ! à propos, s'il faut remuer toute cette boue, je rappellerai encore une petite vilenie de ma part. Pour la décider, j'insistai sur ce point que je devais être bien mieux au physique que l'épicier. Et, à part moi, je me disais : Oui, tu n'es pas mal. Tu es grand, bien pris dans ta taille, tu as de bonnes manières... Et voulez-vous croire que là, près de la porte, elle hésita longtemps à me dire : oui ! Put-elle mettre en balance la personne de l'épicier et la mienne ? Je n'y tins plus. Ce fut assez brusquement que je la rappelai à l'ordre avec un : « Eh bien quoi ? » pas trop aimable. Elle a encore tergiversé une minute. Ça je n'y comprends rien encore aujourd'hui ! Enfin, elle se décida... Loukeria, la bonne, courut après moi ; comme je m'en allais et me dit, tout essoufflée : « Dieu vous revaudra cela, Monsieur ; vous êtes bien bon de sauver notre petite demoiselle. Seulement, ne le lui dites pas, elle est fière ! »

Eh bien quoi ? fière ! moi j'aime les petites qui sont fières ! Les fières sont particulièrement belles quand... on ne peut plus douter de son pouvoir sur elles. Homme vil que j'étais ! mais comme j'étais content ! Mais il m'était passé par la tête une drôle de pensée pendant qu'elle hésitait encore, debout près de la porte : Eh ! songeais-je, si pourtant elle en était à se dire à elle-même : « De deux malheurs mieux vaut choisir le pire. J'aime mieux prendre le gros boutiquier. Il se saoule, tant mieux ! Dans une de ses ribotes, il me tuera bientôt ! » Hein ? Croyez-vous qu'elle ait pu avoir une idée de ce genre ?

À présent je me le demande encore. Quel était le plus mauvais parti pour elle ? moi ou le boutiquier ? L'épicier ou le prêteur sur gages qui citait Goethe ? Et c'est une question !

Comment, une question ! La réponse est là, sur la table, et tu dis : une question ? Et à propos, de qui s'agit-il actuellement, de moi ou d'elle ? Eh ! je crache sur moi !... Je ferais mieux de me coucher. La tête me fait mal !

III

LE PLUS NOBLE DES HOMMES... MAIS JE NE LE CROIS PAS MOI-MÊME...

Je n'ai pas fermé l'œil. Et comment dormir quand on a quelque chose qui vous bat dans la tête comme un marteau. L'envie me prend de faire un tas de toute cette boue que je remue. Ô cette boue ! Mais il n'y a pas à dire, c'est aussi de la boue que je l'ai tirée, la malheureuse ? Elle aurait dû le comprendre et m'en avoir quelque reconnaissance !... Il est vrai qu'il y avait autre chose pour moi, là-dedans, que l'attrait de faire une bonne action. J'avais un certain plaisir à penser que j'avais quarante et un ans et qu'elle n'en avait que seize. Cela me causait une impression très voluptueuse.

Je voulus que notre mariage se fît « à l'anglaise ». C'est-à-dire qu'après une très courte cérémonie où n'auraient figuré que nous deux et deux témoins, dont l'un eût été Loukeria, la bonne, nous serions montés aussitôt en wagon, – et en route pour Moscou ! (Justement j'avais là-bas une affaire en train, et nous aurions passé deux semaines à l'hôtel.) Mais elle s'y refusa et je dus faire ma visite à ses tantes. Je consentis à ce qu'elle désirait et ne lui dis rien pour ne pas l'attrister dès le début. Je fis même à ses fâcheuses tantes un cadeau de cent roubles à chacune et leur promis que ma munificence ne s'arrêterait pas là. Du coup l'une et l'autre devinrent souples, mais souples !...

Nous eûmes une petite discussion au sujet du trousseau. Elle n'avait presque rien et ne voulait rien. Je la forçai d'accepter une corbeille de noces ; sans moi qui lui aurait offert quelque chose ? Mais je ne veux pas m'occuper de moi. Je crache sur moi ! Pour abréger, je lui inculquai quelques-unes de mes idées, je me montrai empressé auprès d'elle, peut-être trop empressé. Enfin, elle m'aimait beaucoup. Elle me racontait son enfance, me dépeignait la maison de son père et de sa mère... Mais bientôt je jetai quelques gouttes d'eau froide sur cet enthousiasme, j'avais mon idée. Ses épanchements me trouvaient silencieux, bienveillant, mais froid. Elle a vu bien vite que nous différions, que j'étais une énigme pour elle. Cela me plaisait beaucoup de lui paraître une énigme. Et peut-être n'est-ce que pour cela que j'ai fait toute cette bêtise !

J'avais un système avec elle. Non, écoutez ! On ne condamne pas un homme sans l'entendre ! Écoutez. Mais comment vais-je vous expliquer cela ? C'est très difficile... Enfin... tenez, par exemple, elle détestait et méprisait l'argent comme la plupart des créatures jeunes. Je ne lui parlais qu'argent. Elle ouvrait de grands yeux, écoutait tristement et ne disait plus rien. La jeunesse est généreuse, mais elle n'est pas tolérante. Si l'on va contre ses sympathies on s'attire son mépris... Ma caisse de prêts ! eh bien, j'en ai beaucoup souffert, je me suis vu repoussé, mis au rancart à cause d'elle et ne voilà-t-il pas que ma femme, cette gamine de seize ans, a appris (de quels chenapans ?) des détails très désagréables pour moi au sujet de cette maudite caisse de prêts ! Et puis il y avait toute une histoire sur laquelle je me taisais, comme un homme fier que je suis. Je préférais qu'elle la sût de quelqu'un d'autre que de moi. Je n'en ai rien dit jusqu'à hier. Je voulais qu'elle devinât au besoin elle-même quel homme j'étais, qu'elle me plaignît ensuite et m'estimât. Toutefois dès le début, je voulus, en quelque sorte, l'y préparer. Je lui expliquai que c'est très beau la générosité de la jeunesse, mais que cela ne vaut pas un sou. Pourquoi ? Parce que la jeunesse l'a en elle, alors qu'elle n'a pas encore vécu, pas encore souffert. Elle est à bon marché, cette générosité-là ! – Ah ! prenez une action vraiment magnanime qui n'ait rapporté à son auteur que des peines et des calomnies sans un grain de considération ! Voilà ce que j'estime, moi ! Car il y a des cas où un brillant sujet, un homme de haute valeur est présenté au monde entier comme un lâche, alors qu'il est plus honnête qu'être qui soit au monde ! Tentez un exploit pareil. Ah ! parbleu ! Vous vous dérobez ! Eh bien ! moi je n'ai fait, toute ma vie, que porter le poids d'une action mal interprétée… D'abord elle discuta, – comme elle discuta ! Puis elle se tut, mais elle ouvrait des yeux, – des yeux immenses ! Et… subitement je lui ai vu un sourire méfiant, presque mauvais… C'est avec ce sourire-là que je l'introduisis chez moi… Il est vrai qu'elle n'avait plus où aller !…

IV

TOUJOURS DES PROJETS ET DES PROJETS.

Qui de nous deux commença ? Je n'en sais rien. Cela fut sans doute en germe dès le début : elle n'était encore que ma fiancée quand je la prévins qu'elle s'occuperait, dans mon bureau, des engagements et des paiements. Elle ne dit rien alors. (Remarquez ceci.) Mariée, elle se mit même à l'œuvre avec un certain zèle.

Le logement, l'ameublement, tout demeura dans le même état. Il y avait deux pièces, l'une pour la caisse, l'autre où nous couchions. Mon ameublement était misérable, inférieur même à celui des tantes de ma femme. Ma niche aux images saintes était dans la chambre de la caisse. Dans celle où nous couchions il y avait une armoire où traînaient des effets et quelques livres (j'en gardais la clef), un lit, une table et des chaises. Dès l'époque où nous étions encore fiancés, je lui avais dit que je n'entendais pas dépenser, par jour, plus d'un rouble pour la nourriture (les repas de Loukeria compris). Comme je le lui fis savoir, j'avais besoin de trente mille roubles dans trois ans et ne pouvais pas mettre de côté cet argent en me montrant extravagant. Elle ne souffla mot, et c'est de moi-même que j'augmentai le budget quotidien de trente kopeks. Aussi bien me montrai-je coulant sur la question théâtre : j'avais dit qu'il nous serait impossible d'y aller. Pourtant je l'y conduisis, une fois par mois, à des places décentes, au parterre ! Nous nous y rendions en silence et rentrions de même. Comment se fait-il que, si vite, nous devînmes taciturnes ? Il est vrai que j'y étais bien pour quelque chose. Dès que je la voyais me regarder, quêtant un mot, je renfermais en moi ce que j'aurais dit sans cela. Parfois elle, ma femme, se montrait expansive ; elle avait même des élans vers moi ; mais comme ces élans me paraissaient hystériques, maladifs, et comme je voulais un bonheur sain et solide, sans parler du respect que j'exigeais de sa part, je réservais à ces effusions un accueil très froid. Et combien j'avais raison ! Le lendemain de ces jours de tendresse, il ne manquait jamais d'y avoir une dispute. Non ! pas de dispute. Une attitude insolente de sa part. Oui, ce visage, naguère timide, prenait une expression de plus en plus arrogante. Je m'amusais alors à me rendre aussi odieux que je pouvais, et je suis sûr que, plus d'une fois, je l'ai exaspérée. Pourtant, voyons, elle n'avait pas raison ! Je savais que c'était la pauvreté de notre vie qui l'excitait, mais ne l'avais-je pas tirée de la boue ? J'étais économe et non point avare ! Je faisais les frais nécessaires. Je consentais même à de petites dépenses pour le superflu, pour le linge, par exemple. La propreté, chez le mari, est agréable à la femme. Je me doutais qu'elle se disait : « Il fait montre d'économie systématique, pose pour l'homme qui a un but, fait parade de la fermeté de son caractère. » Ce fut elle-même qui renonça aux soirées de théâtre, mais elle eut un sourire de plus en plus moqueur ; moi je m'enfermais dans le silence.

Elle m'en voulait aussi de ma caisse de prêts. Mais enfin une femme vraiment aimante arrive à excuser les vices mêmes de son mari, à plus forte raison une profession peu décorative. Mais celle-là manquait d'originalité : les femmes manquent souvent d'originalité ! Est-ce que c'est original ce qui est là sur la table ! Oh ! oh !

Et alors j'étais convaincu de son amour. Ne se jetait-elle pas souvent à mon cou ? Si elle le faisait, c'est qu'elle m'aimait, ou enfin qu'elle cherchait à m'aimer. Alors quoi ? Étais-je un si grand coupable parce que je prêtais sur gages ? Prêteur sur gages ! prêteur sur gages ! Mais ne pouvait-elle deviner qu'il y avait des raisons pour qu'un homme d'une noblesse authentique, d'une haute noblesse, fût devenu prêteur sur gages ? Les idées, les idées, messieurs, voyez ce que deviendra telle idée si on l'exprime à l'aide de certains mots ! Ce sera idiot, messieurs, ce sera idiot ! Pourquoi ? Parce que nous sommes tous des buses et ne tolérons pas la vérité ! Est-ce que je sais, du reste ? Sacrebleu ! N'avais-je pas le droit de vouloir assurer mon avenir en ouvrant cette caisse ? Vous m'avez renié, vous, – vous ce sont les hommes, – vous m'avez chassé quand j'étais plein d'amour pour vous ! À mon dévouement, vous avez répondu par une injure qui me déclasse pour toute ma vie ! N'avais-je pas le droit, alors, de mettre plus tard l'espace entre vous et moi, de me retirer quelque part, avec trente mille roubles, oui, dans le Sud, en Crimée, n'importe où, dans une propriété achetée avec ces trente mille roubles, loin de vous, avec un idéal dans l'âme, une femme aimée près de mon cœur et une famille, si Dieu le voulait ? J'aurais fait du bien aux paysans, autour de moi ! Mais voyez, cela est très beau comme je le raconte, et si je le lui avais dit, à elle, c'eût été imbécile ! C'est pour cela que je me taisais fièrement. Aurait-elle compris ? À seize ans ? Avec la cécité, la fausse magnanimité des « belles âmes » ? Ah ! cette belle âme ! Elle était mon tyran, mon bourreau ! Je serais injuste pour moi-même si je ne le criais pas ! Ah ! la vie des hommes est maudite ! La mienne plus que les autres !

Et qu'y avait-il de répréhensible dans mon plan ? Tout y était clair, net, honorable, pur comme le ciel ; sévère, fier, dédaigneux des consolations humaines, je souffrirais en silence. Je ne mentirais jamais. Elle verrait ma magnanimité, à moi, plus tard, quand elle comprendrait. Alors elle tomberait à genoux devant moi. C'était là mon plan. J'oubliais quelque chose. Mais non, là ! je ne pouvais pas !… Assez, assez ! Courage, homme, sois fier ! Ce n'est pas toi qui es coupable. Et je ne dirais pas la vérité ? C'est elle qui est coupable, c'est elle !

V

LA TIMIDE SE RÉVOLTE

Les disputes éclatèrent. Elle voulut faire des prix à elle et surévalua les objets engagés. Il y eut surtout cette maudite veuve de capitaine. Elle arriva pour emprunter sur un médaillon, un cadeau de feu son époux. J'en donnai trente roubles. Elle pleurnicha pour qu'on lui conservât l'objet. Mais sacristi ! oui ! nous le lui garderions ! Elle voulut, quelques jours après, l'échanger contre un bracelet qui valait bien huit roubles. Je refusai net, comme de juste. Sans doute, la gredine dut voir quelque chose dans les yeux de ma femme, car elle revint en mon absence, et ma femme lui rendit le médaillon.

Quand je sus l'affaire, je tâchai de raisonner ma prodigue tout doucement, bien sagement. Elle était, à ce moment, assise sur son lit, sa petite bottine battait le parquet sur lequel elle tenait les yeux fixés ; elle avait encore son mauvais sourire. Comme elle ne voulait pas me répondre, je lui fis observer bien gentiment que l'argent était à moi. Elle sauta brusquement sur ses pieds, tressaillit toute et se mit à trépigner. C'était comme une bête enragée. Messieurs, une bête au paroxysme de la furie. J'en fus abruti d'étonnement ; pourtant, de la même voix tranquille, je signifiai que dorénavant elle ne prendrait plus part à mes opérations. Elle me rit au nez et sortit de notre logement. Il était, cependant, bien entendu qu'elle ne quitterait jamais la maison sans moi ; c'était l'un des articles de notre pacte. Elle revint le soir, et je ne lui adressai pas un seul mot.

Le lendemain, elle sortit de même ; le surlendemain également. J'ai fermé ma caisse, et j'ai été trouver les tantes. Je ne les voyais plus depuis le mariage. Chacun chez nous ! Ma femme n'était pas chez elles, et elles se moquèrent de moi. Parfait ! Mais pour cent roubles, je sus de la cadette tout ce que je voulais savoir. Elle me mit au courant le surlendemain : « Le but de la sortie me dit-elle, c'est un certain lieutenant Efimovitch, un camarade de régiment à vous. » Cet Efimovitch avait été mon ennemi acharné. Depuis quelque temps il affectait de venir engager différentes choses chez moi et de rire avec ma femme. Je n'attachais à cela aucune importance ; je l'avais seulement prié, une fois, d'aller engager ses bibelots ailleurs. Je ne voyais là que de l'insolence de sa part. – Mais la tante me révéla qu'ils avaient déjà eu un rendez-vous et que tout cela était manigancé par une de ses connaissances, une nommée Julia Samsonovna, veuve d'un colonel. « C'est donc chez cette Julia que votre femme va. »

J'abrège : mes démarches me coûtèrent trois cents roubles ; mais, grâce à la tante, je pus me placer de manière à entendre ce qui se dirait entre ma femme et l'officier au rendez-vous suivant.

Mais j'oublie qu'avant le jour où je devais être édifié, une scène eut lieu chez nous. Ma femme rentra un soir et s'assit sur son lit.

Elle avait une expression de figure qui me fit souvenir que depuis deux mois elle n'avait plus son caractère ordinaire. On eût dit qu'elle méditait une révolte et que sa timidité seule l'empêchait de passer de l'hostilité muette à la lutte ouverte. Enfin elle parla :

– Est-ce vrai qu'on vous a chassé du régiment parce que vous aviez eu peur de vous battre en duel ? demanda-t-elle sur un ton violent. Ses yeux étincelaient.

– C'est vrai : les officiers m'ont prié de quitter le régiment, bien que j'eusse déjà présenté ma démission écrite.

– On vous a chassé… pour poltronnerie !

– On a eu, en effet, le tort de mettre ma conduite sur le compte de la poltronnerie… Mais si j'avais refusé un duel ce n'était pas que je fusse lâche, mais bien parce que j'étais trop fier pour me soumettre à je ne sais quelle sentence qui m'obligeait à me battre alors que je ne me considérais pas comme offensé. Je faisais preuve d'un bien plus grand courage en n'obéissant pas à un despotisme abusif qu'en allant sur le terrain avec n'importe qui. »

Il y avait là comme une espèce d'excuse : c'était ce qu'elle voulait ; elle se mit à rire méchamment…

– Est-ce vrai qu'ensuite vous ayez battu le pavé de Pétersbourg pendant trois ans comme un vagabond ? que vous ayez mendié et couché la nuit sous des billards ?

– J'ai aussi dormi dans l'asile de nuit de Viaziemsky. J'ai connu de vilains jours de dégringolade après ma sortie du régiment ; j'ai su ce que c'était que la misère, mais j'ai toujours ignoré la déchéance morale. Et vous voyez que la chance a tourné.

– Oh ! maintenant vous êtes une sorte de personnage ! Un financier !

C'était une allusions à ma caisse de prêt, mais je sus me retenir. Je vis qu'elle avait soif de détails humiliants pour moi et eus soin de ne pas en donner. – Un client sonna fort à propos.

Une heure plus tard, elle s'habilla pour sortir mais, avant de s'en aller, elle s'arrêta devant moi et me dit :

– Et vous ne m'aviez rien raconté de tout cela avant notre mariage !

Je ne répondis pas ; et elle sortit.

Le lendemain, j'étais derrière la porte de la pièce où elle se trouvait avec Efimovitch. J'avais un revolver dans ma poche. Je... pus les voir. Elle était assise, tout habillée, près de la table, et Efimovitch faisait le paon devant elle. Il n'arriva que ce que je prévoyais ; je me hâte de le dire pour mon honneur. Ma femme avait, certes, médité de m'offenser de la façon la plus grave, mais, au dernier moment, elle ne pouvait se résigner à une pareille chute. Elle finit même par se moquer du lieutenant, par l'accabler de sarcasmes. Le mauvais drôle, tout déconcentré, s'assit. Je répète, pour mon honneur, que je m'attendais à cette conduite de sa part ; je n'étais allé là que sûr de la fausseté de l'accusation bien que j'eusse mon revolver sur moi. Certes, je ne pus que trop savoir à quel point elle me haïssait, mais j'eus aussi la preuve de son absolue pureté. Je coupai court à la scène en ouvrant la porte. Efimovitch sursauta ; je pris ma femme par la main et l'invitai à quitter la pièce avec moi. Retrouvant sa présence d'esprit, Efimovitch se tordit de rire :

– Oh ! fit-il en s'esclaffant, je ne proteste pas contre les droits sacrés de l'époux ; emmenez-la, emmenez-la ! Mais, et il se rapproche de moi, un peu calmé, bien qu'un honnête homme ne doive pas se battre avec vous, je me mets à vos ordres, par pur respect pour madame, si toutefois vous consentez à risquer votre peau.

– Vous entendez ? dis-je à ma femme : et je la fis sortir avec moi. Elle ne m'opposa aucune résistance. Elle semblait terriblement frappée. Mais l'impression, chez elle, dura peu. En rentrant chez nous, elle reprit son sourire ironique, bien qu'elle fût encore pâle comme une morte et qu'elle eût la conviction que j'allais la tuer – j'en jurerais ! – Mais je tirai simplement mon revolver de ma poche et le jetai sur la table. Ce revolver, notez-le bien, elle le connaissait, elle le savait toujours chargé à cause de ma caisse. Parce que, chez moi, je ne veux ni chiens de garde monstrueux, ni valets géants, comme celui de Moser, par exemple. C'est la cuisinière qui ouvre à mes clients. Toutefois, une personne de notre profession ne peut rester sans un moyen de défense quelconque. D'où le revolver. Elle le connait, ce revolver, ma femme ; retenez bien cela ; je lui en ai expliqué le mécanisme, je l'ai même fait une fois tirer avec à la cible.

Elle demeurait très inquiète, je le voyais bien, debout, sans songer à se déshabiller. Au bout d'une heure, pourtant, elle se coucha, mais toute vêtue, sur un divan. C'était la première fois qu'elle ne partageait pas mon lit. Notez encore ce détail.

VI

UN SOUVENIR TERRIBLE

Je m'éveillai vers huit heures le lendemain matin. La chambre était très claire ; je vis ma femme debout, près de la table, tenant à la main le revolver. Elle ne s'aperçut pas que j'étais éveillé et que je regardais. – Tout à coup elle s'approcha de moi, tenant toujours le revolver. Je fermai vite les yeux et feignis de dormir profondément.

Elle vint jusqu'au lit et s'arrêta devant moi. Elle ne faisait aucun bruit, mais « j'entendais le silence ». J'ouvris encore les yeux, malgré moi, mais à peine. Ses yeux rencontrèrent mes yeux, que je refermai vite, résolu à ne plus bouger, quoi qu'il dût m'advenir. Le canon du revolver était appuyé sur ma tempe. Il arrive qu'un homme endormi ouvre les paupières quelques secondes sans s'éveiller pour cela. Mais qu'un homme éveillé referme les yeux après ce que j'avais vu, c'est incroyable, n'est-ce pas ?

Elle put cependant, peut-être, s'apercevoir de quelque chose... Oh ! le tourbillon de pensées qui fit rage dans ma malheureuse tête ! Si elle a compris, me disais-je, ma grandeur d'âme l'écrase déjà. Que pense-t-elle de mon courage ? Accepter ainsi de recevoir la mort de sa main sans une tentative de résistance, évidemment sans effroi ! C'est sa main qui va trembler ! La conscience que j'ai vu tout peut arrêter son doigt déjà posé sur la gâchette… Le silence continua ; je sentis le froid canon du revolver s'appuyer plus fortement sur ma tempe près de mes cheveux.

Vous me demanderez si j'ai eu l'espoir d'une chance de salut ; je vous répondrai comme devant Dieu que je voyais tout au plus une chance d'échapper à la mort contre cent chances de recevoir le coup fatal. Alors je me résignais à mourir ? me demanderez-vous encore. Eh, vous répondrai-je, que valait la vie du moment que c'était l'être adoré qui voulait me tuer ? Si elle a deviné que je ne dormais pas, elle a compris l'étrange duel qu'il y avait alors entre nous deux, entre elle et le « poltron », chassé par ses camarades de régiment.

Peut-être n'y avait-il rien de tout cela, peut-être même n'ai-je pas pensé tout cela sur l'instant, mais alors comment se ferait-il que je n'aie guère pensé à autre chose depuis ?

Vous me poserez encore une question : Pourquoi ne la sauvais-je pas de son crime ? Plus tard, je me suis interrogé bien des fois à ce sujet, quand, la remembrance me glaçant encore, je songeais à ce moment.

Mais comment pouvais-je la sauver, moi qui allais périr ? Le voulais-je, seulement ? Qui dira ce que j'ai senti alors ?

Pourtant les moments passaient ; le silence était mortel. Elle était toujours debout auprès de moi et… brusquement un espoir me fit tressaillir !… J'ouvris les yeux… Elle n'était plus dans la chambre ! Je sautai droit sur mes pieds. J'étais vainqueur ! Elle était vaincue à jamais !

J'allai prendre le thé. Je m'assis en silence à la table. Tout à coup, je la regardai. Elle aussi, plus pâle encore qu'hier, me regardait. Elle eut un sourire indéfinissable. Je lus un doute dans ses yeux : « Sait-il oui ou non ? A-t-il vu ? » J'ai détourné mes regards avec une affection d'indifférence.

Après le thé, je fermai ma caisse. Je m'en fus au bazar acheter un lit de fer et un paravent. Je fis poser ce lit dans le salon et l'entourai du paravent. C'était pour elle, ce lit. Mais je ne lui en dis rien. Elle, en le voyant, comprit que j'avais tout vu. Plus de doute !

La nuit suivante, je laissai mon revolver sur la table comme à l'ordinaire. Elle se coucha en silence dans son nouveau lit. Le mariage était rompu. Elle était « vaincue et non pardonnée ».

Cette même nuit elle eut le délire. Elle garda le lit six semaines.

SECONDE PARTIE

I

LE RÊVE DE L'ORGUEIL

Loukeria m'a déclaré, il y a un moment, qu'elle ne restera pas chez moi ; qu'elle s'en ira aussitôt après l'enterrement de Madame.

J'ai essayé de prier, mais au lieu de prier j'ai pensé, et toutes mes pensées sont malades. Il est étrange aussi que je ne puisse dormir. Après les grands chagrins, il y a toujours comme une crise de sommeil. On dit aussi que les condamnés à mort dorment d'un sommeil profond leur dernière nuit. C'est presque forcé. La nature le veut. Je me suis jeté sur un divan et… je n'ai pas dormi.....

Pendant les six semaines de la maladie de ma femme, nous l'avons soignée, Loukeria et moi, avec l'aide d'une sœur de l'hôpital. Je n'ai pas épargné l'argent. Je voulais dépenser tout ce qu'il fallait – et plus – pour elle. C'est Schréder que j'ai pris pour médecin, et je lui ai payé 10 roubles par visite.

Lorsqu'elle a commencé à reprendre connaissance, je me suis plus rarement montré dans sa chambre. Pourquoi, d'ailleurs, raconté-je tout cela ? Quand elle a pu se lever, elle s'est assise dans ma chambre, à une table séparée, à une table que je lui ai achetée alors. Nous ne parlions guère, et rien que des événements quotidiens. Ma taciturnité était voulue, mais j'ai vu qu'elle non plus n'avait guère envie de causer. Elle sent encore trop sa défaite, pensai-je, il faut qu'elle oublie et s'habitue à sa nouvelle situation. Nous nous taisions donc le plus souvent.

Personne ne saura jamais à quel point j'ai souffert de cacher mon chagrin pendant sa maladie. J'ai gémi au-dedans de moi-même sans que Loukeria elle-même pût se douter de mes angoisses. Quand ma femme a été mieux, j'ai résolu de me taire le plus longtemps possible sur notre avenir, de tout laisser dans l'état pour l'instant. Ainsi s'est passé tout l'hiver.

Voyez-vous, j'ai toujours souffert aussi d'un chagrin de toutes les heures, depuis que j'ai quitté le régiment, après avoir perdu ma réputation d'homme d'honneur. On s'était conduit envers moi, aussi, de la façon la plus tyrannique. Il faut dire que mes camarades ne m'aimaient pas, à cause de mon caractère difficile, ridicule, disait-on. Mais voilà. Ce qui vous semble beau et élevé en vous prête à rire, on ne sait pourquoi, à la foule de vos camarades. Du reste, il faut dire qu'on ne m'a jamais aimé nulle part, pas plus à l'école qu'ailleurs. Loukeria elle-même ne peut pas me souffrir. Ce qui m'est arrivé n'aurait été rien sans l'animadversion de mes camarades. Et il est assez triste pour un homme intelligent de voir sa carrière brisée pour une niaiserie.

Voici le malheur dont j'ai été victime. Un soir, au théâtre, pendant l'entr'acte, j'entrai au ballet. Un officier de hussards, A…, fit irruption dans la buvette, et à voix haute, en présence de beaucoup d'officiers et d'autres spectateurs, se mit à causer avec deux de ses camarades de grade d'un capitaine de mon régiment, nommé Bezoumetsev. Il affirmait que ce capitaine était ivre et avait causé du scandale. Il y avait erreur. Le capitaine Bezoumetsev n'était pas ivre et n'avait rien fait de scandaleux. Les officiers se mirent à parler d'autre chose, et l'incident fut clos. Mais le lendemain l'histoire fut connue chez nous, et l'on colporta aussitôt que j'étais le seul officier du régiment présent quand A… avait parlé insolemment de Bezoumetsev et que je l'avais laissé faire. Pourquoi serais-je intervenu ? Si A… avait des griefs contre Bezoumetsev, cela le regardait, et je n'avais pas à me mêler de la querelle. Mais on s'avisa de trouver que l'affaire touchait à l'honneur du régiment et que j'avais mal agi en ne prenant pas la défense de Bezoumetsev ; qu'on irait dire que notre régiment renfermait des officiers moins chatouilleux que les autres sur le point d'honneur ; que je n'avais qu'un moyen de me réhabiliter ; à savoir réclamer une explication d'A… Je m'y refusai, et comme j'étais irrité par le ton de mes camarades, mon refus prit une forme assez hautaine. Je donnai aussitôt ma démission et m'en fus, hautain, mais le cœur brisé. Mon esprit fut très frappé ; mon énergie m'abandonna. Ce fut ce moment que choisit mon beau-frère de Moscou pour dissiper le peu de fortune qui nous restait. Ma part était minime, mais comme je n'avais plus que cela, je me trouvai sur le pavé, sans un sou. J'aurais pu trouver quelque place, mais je n'en cherchai pas. Après avoir porté un si brillant uniforme, je ne pouvais me résigner à me faire scribe dans quelque bureau de chemin de fer. Si c'est une honte pour moi, que ce soit une honte, – tant pis ! – Après cela, j'ai trois années d'affreux souvenirs ; c'est à cette époque que je connus l'asile de Wiaziemski. – Il y a un an et demi ma marraine est morte à Moscou. C'était une vieille femme fort riche et, à ma grande surprise, elle me laissa trois mille roubles. J'ai réfléchi, et tout de suite mon sort a été fixé. Je me suis décidé à ouvrir cette caisse de prêts sans m'inquiéter de ce que l'on en penserait ; gagner de l'argent afin de pouvoir me retirer quelque part, loin des souvenirs anciens, – tel fut mon plan. – Et pourtant mon triste passé et la conscience de mon déshonneur m'ont fait souffrir à chaque heure, à chaque minute.

C'est alors que je me mariai. En amenant ma femme chez moi, je crus introduire une amie dans ma vie. J'avais tant besoin d'amitié ! Mais j'ai vu qu'il faudrait préparer cette amie à la vérité qu'elle ne pourrait comprendre de but en blanc, à seize ans ! avec tant de préjugés ! Sans l'aide du hasard, sans cette scène du revolver, comment aurais-je pu lui prouver que je n'étais pas un lâche ? – En bravant ce revolver j'ai racheté tout mon passé. Cela ne s'est pas su au dehors, mais elle a su, et cela m'a suffi ; n'était-elle pas tout pour moi ? – Ah ! pourquoi a-t-elle appris l'autre histoire, pourquoi s'est-elle jointe à mes ennemis ? – Pourtant, je ne pouvais plus passer pour un lâche à ses yeux. Ainsi s'écoula tout l'hiver. J'attendais toujours quelque chose qui ne venait pas. J'aimais à regarder, en cachette, ma femme assise à sa petite table. Elle s'occupait d'un travail de lingerie ou lisait, surtout le soir. Elle n'allait presque nulle part, ne sortait pour ainsi dire plus.

Parfois, cependant, je lui faisais faire un tour vers la fin de la journée. Nous ne nous promenions plus en silence comme auparavant. Je tâchais de causer, sans aborder aucune explication, car je gardais tout cela pour plus tard. Pendant tout cet hiver, je ne vis jamais son regard se fixer sur moi : « C'est timidité, pensais-je… c'est faiblesse ; laisse-la faire, et elle reviendra d'elle-même à toi. »

J'aimais fort à me flatter de cet espoir. Quelquefois pourtant, je m'amusais, en quelque sorte, à me rappeler mes griefs, à m'exciter contre elle. Mais jamais je ne parvins à la haïr. Je sentais que c'était comme en jouant que j'attisais mes rancunes… J'avais rompu le mariage en achetant le lit et le paravent, mais je ne savais pas la regarder en ennemie, en criminelle. Je lui avais entièrement pardonné son crime, dès le premier jour, même avant d'avoir acheté le lit. Bref, je m'étonnais moi-même, car je suis plutôt de nature sévère. Était-ce parce que je la voyais si humiliée, si vaincue ? Je la plaignais, bien que l'idée de son humiliation me plût.

Pendant cet hiver, je fis exprès quelques bonnes actions. Je tins quittes de leurs dettes deux débiteurs insolvables et j'avançai de l'argent à une pauvre femme sans lui demander de gage. Si ma femme le sut, ce ne fut pas par moi ; je ne désirais pas qu'elle l'apprît ; mais la pauvre malheureuse vint d'elle-même me remercier presque à genoux, en sa présence. Il me sembla que ma femme avait apprécié mon procédé.

Mais le printemps revint. Le soleil éclaira de nouveau notre logement mélancolique. Et ce fut alors que le voile tomba de devant mes yeux. Je vis clair dans mon âme obscure et obtuse. Je compris ce que mon orgueil avait de diabolique. Ce fut tout d'un coup que cela arriva, que cela arriva un soir, vers cinq heures, avant le dîner.

II

LE VOILE TOMBE SUBITEMENT

Il y a un mois, je remarquai chez ma femme une mélancolie plus profonde qu'à l'ordinaire. Elle travaillait assise, la tête penchée sur une broderie, et ne vit pas que je la regardais. Je l'examinai avec plus d'attention que je ne le faisais d'habitude et fus frappé de sa maigreur et de sa pâleur. J'entendais bien depuis quelque temps qu'elle avait une petite toux sèche, la nuit surtout, mais je n'y prenais pas garde… Mais ce jour-là, je courus chez Schréder pour le prier de venir tout de suite. Il ne put lui faire sa visite que le lendemain.

Elle fut très étonnée de le voir :

– Mais je me porte très bien, fit-elle avec un sourire vague.

Schréder ne sembla pas trop se préoccuper de son état (ces médecins sont parfois d'une négligence qui frise le mépris), mais quand il se trouva seul avec moi dans une autre pièce, il me dit que cela restait à ma femme de sa maladie, qu'il serait bon de partir au printemps, de nous installer au bord de la mer ou à la campagne. Bref, il fut ménager de ses paroles.

Quand il fut parti, ma femme me répéta :

– Mais je vais tout à fait bien, tout à fait bien…

Elle rougit et je ne compris pas encore de quoi elle rougissait. Elle avait honte que je fusse encore son mari, que je la soignasse comme un mari véritable. Mais, sur le moment, je ne saisis pas.

Un mois plus tard par un soir de clair soleil, j'étais assis devant ma caisse, faisant mes comptes. Tout à coup, j'entendis ma femme qui, dans sa chambre, chantait tout bas. Cela me fit une impression foudroyante. Elle n'avait plus jamais chanté depuis les tout premiers jours de notre mariage, alors que nous pouvions encore nous amuser en tirant à la cible ou en nous distrayant à des niaiseries semblables. À cette époque, sa voix était assez forte, pas trop juste, mais fraîche et agréable. Mais à présent, cette voix était si faible, avec quelque chose de brisé, de fêlé ! Elle toussa, puis chanta de nouveau, encore plus bas. On va se moquer de mon agitation, mais je ne puis dire combien je fus inquiet. Je n'avais pas, si vous voulez, pitié d'elle ; c'était chez moi comme une perplexité étrange et terrible. Il y avait aussi dans mon sentiment quelque chose de blessé, d'hostile : « Comment, elle chante ? A-t-elle donc oublié ce qui c'est passé entre nous ? »

Tout bouleversé, je pris mon chapeau et sortis. Loukeria m'aida à passer mon pardessus :

– Elle chante ! lui dis-je involontairement.

La bonne me regarde sans comprendre.

– Est-ce la première fois qu'elle chante ? repris-je.

– Non ! elle chante quelquefois quand vous n'êtes pas là…

Je me rappelle tout. Je descendis l'escalier sortis dans la rue et marchai au hasard. J'arrivai à l'angle de la rue, m'arrêtai et regardai les passants. On me heurta, mais je n'y pris pas garde. J'appelai un cocher et lui dis de me conduire au Pont de la Police. Pourquoi ? Puis je me repris brusquement, donnai vingt kopeks au cocher pour son dérangement et m'en fus vers la maison, comme en extase. La petite note fêlée de la voix sonnait dans mon âme. Et le voile tomba. Si elle chantait si près de moi, c'est qu'elle m'avait oublié. C'était terrible, mais cela m'extasiait. Et j'avais passé tout l'hiver sans comprendre ! Je ne savais plus alors où était mon âme ! Je remontai précipitamment chez moi. J'entrai avec timidité. Elle était toujours assise à son ouvrage, mais ne chantait plus. Elle me regarda, avec quelle indifférence ! comme on regarde le premier venu qui entre ! Je m'assis tout près d'elle. J'essayai de lui dire la première chose venue : « Causons… tu sais… » je balbutiai. Je lui pris la main. Elle se rejeta en arrière comme terrifiée, puis elle me regarda avec un étonnement sévère ; oui il était sévère, son étonnement. Elle semblait me dire : « Comment, tu oses encore me demander de l'amour ? » Elle se taisait, mais je comprenais son silence. Je tombai à ses pieds. Elle se leva, mais je la retins. Ah ! comme je comprenais bien mon désespoir ! Mais j'éprouvais en même temps une telle extase, que je crus mourir. Je pleurai, je parlai sans savoir ce que je disais… Elle paraissait honteuse de me voir prosterné devant elle. Je baisai ses pieds ; elle recula et je baisai la place que ses pieds avaient occupée sur le plancher. Elle se mit à rire, à rire de honte, me semble-t-il bien ! Ah ! rire de honte ! Une crise nerveuse approchait. Je le voyais, mais je ne pouvais cesser de balbutier :

– Donne-moi le bas de ton vêtement que je le baise ! Je veux passer ma vie ainsi à tes pieds !

Tout à coup la crise vint. Elle se mit à sangloter, à trembler de la tête aux pieds.

Je la portai sur son lit. Quand elle se sentit un peu remise, elle me prit les mains et me pria de me calmer. Elle recommença à pleurer. De toute la soirée je ne la quittai pas. Je lui dis que je l'emmènerai aux bains de mer, à Boulogne, dans deux semaines ; qu'elle avait une petite voix si faible, si brisée ! que je vendrais ma caisse de prêts à Dobronravov ; qu'une vie nouvelle allait commencer à Boulogne, à Boulogne ! Elle écoutait, mais prit peur de plus en plus. J'avais un besoin fou d'embrasser ses pieds :

– Je ne te demanderai plus rien, plus rien ! répétais-je. Ne me réponds pas, ne fais pas attention à moi ; permets-moi seulement de te regarder. Je veux être ta chose, ton petit chien !

Elle pleurait…

– Et moi qui pensais que vous me laisseriez… à l'écart ! dit-elle sans le vouloir…

Oh ! ce fut la parole la plus décisive, la plus fatale de la soirée, celle qui acheva de me faire tout comprendre. Vers la nuit elle était sans forces. Je la suppliai de se coucher. Elle s'endormit profondément. Jusqu'au matin je ne pus reposer. Je me levais à chaque instant pour venir la regarder sans bruit. Je me tordais les mains en voyant ce pauvre être malade sur ce pauvre petit lit de fer que j'avais payé trois roubles. Je me mettais à genoux, mais je n'osais baiser ses pieds tandis qu'elle dormait (sans sa permission !). Loukeria ne se coucha pas. Elle semblait me surveiller, sortait à chaque moment de la cuisine. Je lui dis de se coucher, de se rassurer, que demain « une vie nouvelle commencerait ».

Et je croyais à ce que je disais. J'y croyais tellement et aveuglément ; L'extase m'inondait ! Je n'attendais que l'aurore du jour suivant ! Je ne croyais aucun malheur imminent malgré ce que j'avais vu : « Demain elle se réveillera, me disais-je, et je lui expliquerai tout ; elle comprendra tout. » Et le projet de voyage à Boulogne m'enthousiasmait ; Boulogne c'était le salut, le remède à tout ; tout espoir résidait en Boulogne ! Comme j'attendais le matin !

III

JE NE COMPRENDS QUE TROP

Et il n'y a que cinq jours de tout cela ! Le lendemain elle m'écouta en souriant, bien qu'elle fût encore effrayée ; et pendant cinq jours elle fut tout le temps effrayée et comme honteuse. À certains moments elle montra même une très grande peur. Nous étions devenus si étrangers l'un à l'autre ! Mais je ne m'arrêtai pas à ses craintes. Le nouvel espoir brillait ! Je dois dire que quand elle s'éveilla (c'était le mercredi matin), je commis une grande faute : je lui fis une confession brutalement sincère. Je ne lui tus pas ce que je m'étais jusque-là caché à moi-même. Je lui dis que tout l'hiver j'avais encore cru à son amour ; que la caisse de prêts c'était une sorte d'expiation que je m'imposais. À la buvette du théâtre, en effet, j'avais eu peur, mais peur de ma propre nature ; et puis le lieu où je me trouvais me semblait un endroit mal choisi pour une provocation, un endroit bête, et j'avais craint non le duel, mais l'apparence bête d'un duel né là, dans une buvette. J'avais ensuite souffert mille tourments de cette histoire et ne l'avais peut-être épousée que pour la tourmenter, pour me venger de mes propres tourments sur quelqu'un. Je parlais comme dans la fièvre. Elle me prenait les mains et me conjurait de cesser :

– Vous exagérez, me disait-elle, vous vous faites du mal !

Elle pleurait et me suppliait de tâcher d'oublier. Mais je ne m'arrêtais pas. J'en revenais à mon idée de Boulogne. Là notre destinée s'éclairerait d'un nouveau rayon de soleil ! J'en radotais.

Je cédai ma caisse de prêts à Dobronravov. Je proposai à ma femme de distribuer aux pauvres tout ce que j'avais gagné ; de ne garder que les trois mille roubles de ma marraine, avec lesquels nous partirions pour Boulogne. Après cela nous reviendrions en Russie et entreprendrions de vivre de notre travail. Je m'arrêtai à ce dernier parti, parce qu'elle ne disait rien contre. Elle se taisait et souriait. Je crois maintenant qu'elle ne sourit que par délicatesse, pour ne pas m'affliger. Je sentis que je l'excédais et ne sus pas me taire. Je lui parlais d'elle et de moi sans répit. J'allai même jusqu'à lui raconter je ne sais quoi de Loukeria ; mais j'en revenais toujours à ce qui me tourmentait.

Pendant ces cinq jours, elle-même s'anima une ou deux fois ; elle me parla de livres, se mit à rire en pensant à la scène de Gil Blas avec l'archevêque de Grenade, qu'elle avait lue. Quel rire enfantin elle avait ! Son rire du temps où elle était encore fiancée ! Mais, hélas ! devant mon extase, elle crut que je lui demandais de l'amour, moi, le mari, quand elle n'avait pas caché qu'elle espérait « être laissée à l'écart ». Oui, comme j'eus tort de la regarder avec extase ! Pas une fois pourtant je ne me posai en mari qui réclamait ses droits. J'étais simplement comme en prières devant elle. Mais je lui dis sottement que sa conversation me transportait, que je la considérais comme bien plus instruite et intelligente que moi. Je fus assez fou pour exalter devant elle mes sentiments de joie et d'orgueil, au moment où, caché derrière la porte, j'avais écouté sa conversation avec Efimovitch, où j'avais assisté à ce duel de l'innocence contre le vice. Combien j'avais admiré son esprit, goûté ses moqueries, ses fins sarcasmes ! Elle me répliqua que j'exagérais encore, mais tout à coup elle se couvrit la figure de ses mains et se mit à sangloter. Je tombai de nouveau à ses pieds, et tout finit par une attaque de nerfs qui la terrassa… C'était hier soir, hier soir… et le matin !… Fou que je suis, le matin c'était ce matin, aujourd'hui, tout à l'heure ! Quand, un peu remise, elle se leva, ce matin, nous prîmes le thé l'un à côté de l'autre ; elle était admirablement calme, mais brusquement elle se leva, s'approcha de moi, joignit les mains et s'écria qu'elle était une criminelle, qu'elle le savait, que son crime l'avait tourmentée tout l'hiver, qu'il la tourmentait encore, qu'elle était accablée par ma générosité.

– Oh ! je serai toujours une femme fidèle à présent ! Je vous aimerai et vous estimerai !

Je lui sautai au cou, je l'embrassai, je baisai ses lèvres en mari qui retrouve sa femme après une longue séparation…

Pourquoi fût-ce alors que je la quittai pour deux heures, le temps d'aller prendre nos passeports pour l'étranger ? Ô Dieu ! si j'étais rentré seulement cinq minutes plus tôt !… Oh ! cette foule auprès de notre porte !… Ces gens qui me dévisageaient ! Ô Dieu !

Loukeria dit (maintenant je ne me séparerais de Loukeria pour rien au monde ! Elle a tout vu, cet hiver, Loukeria !), elle dit donc que, pendant mon absence, peut-être vingt minutes avant mon retour, elle est entrée dans la chambre de ma femme pour lui demander quelque chose, je ne sais plus quoi, et que ma femme avait enlevé de l'armoire la sainte image, l'icône dont j'ai déjà parlé. L'icône était devant elle, sur la table… Ma femme avait dû prier… Loukeria lui a demandé :

– Qu'avez-vous donc, Madame ?

– Rien, Loukeria, allez !… Attendez, Loukeria.

Et elle l'a embrassée.

– Êtes-vous heureuse, Madame ?

– Oui, Loukeria.

– Il y a longtemps que Monsieur aurait dû vous demander pardon. Tant mieux que vous soyez réconciliés ! Dieu soit loué !

– C'est bien, Loukeria, c'est bien ! Allez-vous-en !

Elle a souri, ma femme, mais souri étrangement, si étrangement que Loukeria n'est restée que dix minutes hors de la chambre, est revenue inopinément pour voir ce qu'elle faisait.

– « Elle était debout, tout près de la fenêtre, et tellement pensive qu'elle ne m'a pas entendue entrer. Elle s'est retournée sans me voir ; elle souriait encore. Je suis sortie. Mais à peine l'avais-je perdue de vue que j'ai entendu ouvrir la fenêtre. Je suis rentrée pour lui dire qu'il faisait frais, qu'elle pourrait prendre froid. Mais elle était montée sur l'appui de la fenêtre ; elle était debout, toute droite, tenant à la main l'image sainte. Épouvantée, je l'ai appelée : « Madame ! Madame ! » Elle a fait un mouvement comme pour se retourner vers moi ; mais, au lieu de cela, elle a enjambé la barre d'appui, a pressé l'image contre sa poitrine et s'est jetée dans le vide ! »

. . . .
. . . .
. . . . .

Quand je suis entré, moi, elle était encore tiède. Il y avait là du monde qui me regardait. Tout à coup on m'a fait place. Je me suis approché d'elle. Elle était couchée tout de son long, son image sainte était sur elle. Je l'ai regardée longtemps. Tout le monde m'a entouré, m'a parlé. On me dit que j'ai parlé avec Loukeria. Mais je ne me souviens que d'un petit bourgeois qui me répétait sans cesse :

– Il lui est sorti du sang de la bouche, gros comme le poing !

Il me montrait du sang dans la chambre et recommençait à dire :

– Gros comme le poing ! gros comme le poing !

Je touchai du doigt le sang, je regardai ce doigt et l'autre insistait :

– Gros comme le poing ! gros comme le poing !

IV

JE N'ÉTAIS EN RETARD QUE DE CINQ MINUTES

Oh ! n'est-ce pas impossible ! N'est-ce pas invraisemblable ! Pourquoi cette femme est-elle morte ?… Je comprends, je comprends ! Mais pourquoi est-elle morte ?… Elle a eu peur de mon amour. Elle se sera interrogée ! « Puis-je m'y soumettre, le puis-je ou non ? ». Et cette question l'aura affolée… Elle aura préféré mourir. Je sais, je sais ! Il n'y avait pas là de quoi se casser la tête ! Mais elle avait fait trop de promesses ! Elle se sera dit qu'elle ne pouvait les tenir.

Mais pourquoi est-elle morte ? Je l'aurais « laissée à l'écart » si elle y avait tenu. Mais non ! ce n'est pas cela ! Elle a pensé qu'il faudrait m'aimer pour de bon, honnêtement, pas comme si elle avait épousé le marchand : Elle ne voulait pas me tromper en ne me donnant qu'un demi-amour, un quart d'amour ! Elle était trop honnête et voilà tout ! Et moi qui cherchais à lui inculquer une certaine largeur de conscience ! Vous rappelez-vous ! Quelle étrange idée !

M'estimait-elle ? me méprisait-elle ? Dire que pendant tout cet hiver la pensée ne m'est pas venue qu'elle pouvait me mépriser ! J'étais, au plus haut point persuadé du contraire, jusqu'au moment où elle m'a regardé avec tant d'étonnement, vous savez bien, cet étonnement sévère ! C'est alors que j'ai compris qu'elle pouvait me mépriser. Ah ! comme je consentirais à ce qu'elle me méprisât pour l'éternité, si seulement elle vivait ! Tout à l'heure elle parlait encore, elle marchait, elle était ! Mais pourquoi se jeter par la fenêtre ? Ah ! je n'y pensais guère cinq minutes auparavant ! J'ai appelé Loukeria. Pour rien au monde je ne laisserais Loukeria partir, à présent, pour rien au monde !

– Mais nous pouvions si bien reprendre l'habitude de nous entendre ! Il n'y avait qu'une chose ! Nous étions affreusement déshabitués l'un de l'autre ! Mais nous aurions surmonté cela. Nous aurions commencé une vie nouvelle ! J'avais bon cœur, elle aussi. En deux jours elle aurait tout compris !

Ô quel hasard barbare, aveugle ! Cinq minutes ! Je n'ai été en retard que de cinq minutes ! Si j'étais arrivé cinq minutes plus tôt, l'affreuse tentation de suicide serait maintenant dissipée en elle. Elle aurait compris à l'heure qu'il est. Et voici de nouveau mes chambres vides ! Me voici encore seul ! Le balancier de la pendule bat, bat ! Tout lui est indifférent, à lui ! Il n'a pitié de rien. Je n'ai plus personne ! Je marche, je marche toujours ! Ah ! cela vous parait ridicule de m'entendre me plaindre du hasard et de cinq minutes de retard. Mais réfléchissez. Elle n'a même pas laissé un billet : « Qu'on n'accuse personne de ma mort », comme tout le monde en laisse. Et si l'on avait soupçonné Loukeria ? On pouvait dire qu'elle était auprès d'elle, l'avait poussée !

Il est vrai qu'il y a eu quatre personnes qui l'ont vue debout sur sa fenêtre, son image sainte à la main et qui ont su qu'elle s'était jetée dans le vide ; qu'elle s'était jetée, qu'on ne l'avait pas poussée. Mais c'est par hasard que ces quatre personnes étaient là. Et si ce n'est qu'un malentendu ! Si elle s'est trompée en croyant ne plus pouvoir vivre avec moi ! Peut-être y a-t-il eu de l'anémie cérébrale dans son cas, une diminution de l'énergie vitale. Elle se sera fatiguée cet hiver, et voilà tout. Et moi qui arrive cinq minutes en retard !

Comme elle est maigre, dans son cercueil ! Comme son petit nez s'est effilé ! Ses cils sont comme des aiguilles. Et comme elle est étrangement tombée ! Elle n'a rien de cassé, rien d'écrasé ! Elle a simplement rendu du sang « gros comme le poing » ! Une lésion interne !

Ah ! si on pouvait ne pas l'enterrer ! Parce que, si on l'enterre, on va l'emporter. Non ! on ne l'emportera pas ; c'est impossible ! Mais si, je sais bien qu'il faut l'emporter ! (Je ne suis pas fou.) Me voici de nouveau tout seul avec les gages ! Non, ce qui m'affole, c'est de penser que je l'ai fait souffrir tout cet hiver !

Que m'importent, à présent, vos lois ! Que me font vos mœurs, vos habitudes, l'État, la Foi ? Que votre juge me condamne ! Qu'on me traîne à votre tribunal, et je crierai que je ne reconnais aucun tribunal. Le juge hurlera : « Taisez-vous ! » Je lui répondrai : « Quel droit as-tu de me faire taire, quand une atroce injustice m'a privé de tout ce que j'avais de cher ! » Ah ! que m'importent vos lois ! On m'acquittera, et cela me sera bien égal.

Aveugle ! Elle était aveugle ! Morte, tu ne m'entends plus ! Mais tu ne sais pas dans quel paradis je t'aurais fait vivre ! Tu ne m'aurais pas aimé ? Soit ! Mais tu serais là ! Tu ne m'aurais parlé que comme à un ami – quelle joie ! – et nous aurions ri en nous regardant, les yeux dans les yeux. Nous aurions vécu ainsi. Tu aurais voulu en aimer un autre ? Je t'aurais dit : Aime-le, et je t'aurais regardée de loin, tout joyeux ! Car tu serais là ! Oh ! tout, tout, mais qu'elle ouvre les yeux une seule fois ! Pour un instant, pour un seul ! Qu'elle me regarde comme tantôt, debout devant moi, quand elle me jurait d'être une femme fidèle ! Oh ! elle aurait tout compris d'un seul regard !

Ô nature ! ô hasard ! Les hommes sont seuls sur la terre. Je crie comme le héros russe : « Y a-t-il un homme vivant dans ce champ ? » Je le crie, moi qui ne suis pas un héros, et personne ne me répond… On dit que le soleil vivifie l'Univers. Le soleil se lèvera, et, regardez ! n'y a-t-il pas là un cadavre ? Tout est mort ; il n'y a que des cadavres ! Des hommes seuls, et autour d'eux, le silence, voilà la terre !

« Hommes, aimez-vous les uns les autres ! » Qui a dit cela ? La pendule frappe les secondes indifféremment, odieusement ! Deux heures après minuit !… Ses petites bottines sont là, près du lit, comme si elles l'attendaient…

Non, franchement !… demain, quand on l'emportera, qu'est-ce que je deviendrai ?